Alima Nkoa

Bals masqués au cœur de la nation

Alima Nkoa

Bals masqués au cœur de la nation
Poèmes et chansons de notre époque

Éditions Muse

Imprint
Any brand names and product names mentioned in this book are subject to trademark, brand or patent protection and are trademarks or registered trademarks of their respective holders. The use of brand names, product names, common names, trade names, product descriptions etc. even without a particular marking in this work is in no way to be construed to mean that such names may be regarded as unrestricted in respect of trademark and brand protection legislation and could thus be used by anyone.

Cover image: www.ingimage.com

Publisher:
Éditions Muse
is a trademark of
Dodo Books Indian Ocean Ltd., member of the OmniScriptum S.R.L Publishing group
str. A.Russo 15, of. 61, Chisinau-2068, Republic of Moldova Europe
Printed at: see last page
ISBN: 978-3-639-63583-6

Copyright © Alima Nkoa
Copyright © 2015 Dodo Books Indian Ocean Ltd., member of the OmniScriptum S.R.L Publishing group

Sommaire

Préface 3

Partie I : Explorations 4

Partie II : Aux bals masqués 27

Partie III : Prophéties... 61

Préface

Inconnu qui me ressemble,
Puisse que nos routes se sont croisées,
Pourquoi n'irions-nous pas ensemble,
Sur les chemins de notre vie,
Vers les hauteurs de notre espérance,
Vers les cimes de notre liberté ?

Partie I : Explorations

Les parfums d'ici sont uniques.
Mais ne vous y égarez point :
Les racines de l'homme sont à explorer dans cette terre,
Dans les plages iodées et sous les décharges à ciel ouvert.

Hommage à la vue

Hommage à ceux qui voient
Ce que ne voient pas encore
Les gens d'ordinaire en vue !
Hommage à la souffrance
De ceux qui souffrent de la cécité
Des gens d'ordinaire en vue !

Hommage aux martyrs de la vue
Qui ne peuvent se taire pour avoir vu
Ce que n'ont pas vu les en-vues !

Hommage à la vue qui donne la vie !
Hommage à la vue qui sauve la vie,
A la vue qui dirige la vie des en-vues,
Contre l'avis des en-vue sans vue !

Hommage à la vue !
Hommage à la souffrance de la vue !
Hommage aux martyrs de la vue !
Hommage à la vue !
Hommage !

Hommage à vous qui voyez
Ce que nous verrons
Quand vous ne serez plus !
Hommage !

Mes études et les pauvres

En partant le matin pour l'école,
J'ai entendu des enfants dire
Que mes culottes usées font rire.
J'ai voulu m'arrêter pour répondre,
Mais mon cœur les a jugés indignes.

En partant le matin pour l'école,
J'ai vu des enfants partir en rire,
À la vue de mes sandalettes mille couleurs.
J'ai voulu m'élancer à leur poursuite,
Mais mon esprit les a trouvés trop pauvres.

En partant le matin pour l'école,
Un parent m'a interpellé :
« Pourquoi tant de peine, mon petit ? »
J'ai voulu le prendre en pitié,
Et mon corps s'est mis à pleurer.

Le solitaire solidaire

Celui qui n'a jamais été seul,
Seul au milieu des siens,
Si loin et si étrangers,
Qu'ils le regardent sans le voir,
Qu'ils le palpent sans le sentir,
Celui-là est un homme inachevé.

Ses yeux en dormance voient,
Sans voir ce qui est à voir.
Ses oreilles bouchées entendent,
Sans entendre ce qui est à entendre.
Ses doigts engaînés palpent,
Sans palper ce qui est à palper.
Son cœur enrhumé bat,
Sans battre au rythme de l'homme.

Seule la solitude du solitaire,
Rapproche de l'existence humaine,
Faite de ruptures de creux,
Et d'enveloppes de surface.

Qu'y comprendrais-tu, toi,
Qui n'a jamais connu le privilège,
De baver de ton abandon,

De boire à la coupe du supplice,
De danser la danse du trahi,
Et de rouler la pierre du tombeau ?

Seul celui qui s'est relevé peut relever,
Seul celui qui a pleuré peut consoler,
Seul celui qui a bavé peut découvrir
Celui qui bave dans le creux intime.

Seul celui qui a combattu la misère,
Comprend le misérable en étau,
Et lui apporte de l'eau fraîche,
Pour adoucir les heures du supplice.

Seul celui qui a été seul,
Peut rompre la solitude du solitaire,
S'il avait découvert dans sa solitude,
Le visage humain qu'on lui refusait.

Nostalgie des temps de paix

Je me souviens des jours qui passaient,
Tel un fleuve de roses qui coule,
Des nuits qui se suivaient,
Doucereuses, chatoyantes et vivifiantes,
Des matinées à l'aurore ensoleillée,
Des soirées au crépuscule lumineux,
Des matinées de chant de perdrix,
Des matinées de caquètements des poules,
Des matinées de jeux d'enfants,
Des matinées de filles dans les toilettes,
Des matinées des hôtes sur le dos des femmes,
Des matinées de machettes en bandoulières.

Je me souviens des jours qui passaient,
Opposés à ceux des hommes qui se battent,
A ceux des femmes qui s'enfuient,
A ceux des filles qui s'enlèvent,
A ceux des garçons qui s'enrôlent,
A ceux des saigneurs qui saignent,
A ceux des tueurs qui tuent,
A ceux des guerriers qui guerroient,
A ceux de la paix qui s'envole.

Je me souviens des nuits qui se suivaient,
Opposées à celles des conspirations,
A celles des mouvements de troupes,
A celles des raids et des canons,
A celles des fleuves de sang,
A celles des maquisards et des kamikazes,
A celles de la paix perdue.
Je me souviens du bon vieux temps,
Qui s'oppose à la bonne vieille guerre,
Qui terrasse et enterre les racines de ma terre.

Quand je serai grand

Si un jour je suis grand,
Parmi les plus grands,
De ce monde si grand,
En étendu autant qu'en bêtises,
Je formulerai le grand vœu,
Que les grands écoutent les petits vœux,
Des petites gens sur leurs petites vies.

Je provoquerai des envies,
Pour ceux qui nourrissent des envies,
De rester les seuls en vue,
Par la grandeur de leurs œuvres,
Qui maintiennent le petit peuple
Dans la condition de petit meuble,
Qu'on place et déplace selon de petits calculs.

J'entrainerai le petit peuple vers les grands calculs,
Qui le détourneront des petits calculs,
Faits d'addition de bières et de sardines,
Que les grands délinquants de la petite politique
Ont coutume d'offrir comme projet politique.

Nous calculerons ensemble
L'intensité du travail d'ensemble,
Et déterminerons ce que devrait être notre vieillesse,
Ce que devrait être la jeunesse de nos petits fils.

Nous bouterons hors de nous les grandes bêtises,
Nous fermerons les yeux sur les grands brigands,
Qui nous préfèrent pauvres et mendiants.
Et pour ces assoiffés de grande vue,
Ce serait une sanction opportune.

Nos grands calculs d'ensemble
Nous détourneront des efforts vains,
Que rancœur et vengeance offrent à l'ensemble
Des petits peuples sans grande vue,
Sur leurs petites vies, sur leurs efforts d'ensemble.

Nos petits vœux, sur nos petites vies,
Donneront grande vue sur notre grand destin.
Et les petits animateurs de nos petits efforts,
Seront les plus grands parmi les grands,
Moteurs des plus grands destins.

Et nous serons un grand peuple !

Hommage à mon père

Mon père, un brave homme,
Disait à ses amis qui lui reprochaient
Ses chaussures et ses pantalons usés,
Qu'il faisait des achats invisibles.
Il achetait des chaussures en or,
Que personne ne voyait.
Il achetait des vêtements en or,
Que personne ne voyait.

Et moi je demandais à mon père,
Où se trouvaient ses chaussures en or,
Et ses vêtements de valeur,
Pour que je les prenne un jour,
S'il lui arrivait un malheur imprévu.

Mon père, un brave homme,
Disait à ses amis qui lui reprochaient
De loger dans une hutte toute la vie,
Qu'il construisait une villa immense.
Il construisait une villa en marbre,
Que personne ne voyait.
Il équipait sa villa de meubles,
Que personne ne voyait.

Et moi je demandais à mon père,
Où il cachait sa villa immense,
Et ses meubles précieux,
Pour que je m'en serve un jour,
S'il lui arrivait un malheur imprévu.

Mon père, un brave homme,
Me répondait tous les jours,
Que ses chaussures en or,
Que ses costumes en or,
Que ses meubles très précieux,
Etaient en lieu sécurisé,
Auquel j'accéderai en mon temps.
Mon père, un brave homme,
A vieilli comme il a vécu.
Je ne lui demande plus l'accès
A la cache de ses fortunes en or.

Car,
Je ferais tant de choses,
Si j'en avais la prétention,
Avec les placements invisibles de mon père.

Le Chansonnier libérateur

Je suis prisonnier des mots.
Je pense aux prisonniers des geôliers,
Qui s'emprisonnent en pensant aux mots,
Que leur adressent les geôliers
Et la société prisonnière de préjugés.

Je pense au désir de liberté
Du prisonnier qui s'amende,
Et souhaite à la société la liberté
De conscience de celui qui s'amende.

Je pense à l'absurdité des jugements,
Qui emprisonnent la société,
Avec les condamnations sans jugement,
De ceux qui servent la société.

Je pense au chansonnier qui libère
Le geôlier du complexe de supériorité,
Et le prisonnier de la crainte des mots,
Qui le condamnent sans jugement.
Je pense à la prisonnière des préjugés,
À la société sans chansonnier libérateur.

Les mots et les couleurs

En jouant avec les mots et les couleurs,
Je joue avec la vie et ses misères.
Je place le noir sur la rose,
Et j'engage la veuve dans le bonheur.
Parfois le blanc, le gris et le vert
Réconcilient le néant, la mélancolie et l'espoir,
Quoi que le vert tire vers le jaune
Quand l'homme va vers la déforestation.

Mais il est des jeux que je ne joue pas,
Comme celui d'admirer le gris sur la rose,
Le gros gris de la défloraison précoce,
Dérobant la jeunesse pleine de promesses roses.
Je ne joue pas le jeu du béret rouge,
Et de la gâchette noire amoureuse de la mer rouge,
Ni celui du fameux chèque blanc
Courant après la fameuse livraison blanche.

Mon jeu a couleur d'homme et de vie,
Le leur a couleur de monstre et de mort.

Chanson pour les martyrs

Je voudrais composer une chanson,
Pour les martyrs de la nature,
Qui nous diversifie et nous enrichie.

Je voudrais chanter pour la prostituée,
Que les pécheurs hypocrites ont lapidée,
Pour le male effacé par Hérode,
Pour le scientifique braisé par l'inquisiteur,
Pour l'esclave nègre des Amériques,
Pour la veuve étouffée dans la tombe,
Pour le polyglotte russe du Goulag,
Pour l'intellectuel apolitique de l'Afrique,
Pour le sonneur d'alarme des dictatures,
Pour l'opposant aux pensées uniques
De l'Afrique, de l'Occident et de l'Orient,
Pour Saül le puissant bourreau
Des martyrs de la foi.

Je voudrais composer une chanson,
Pour les martyrs réduits au silence,
Par ceux qui ont la phobie du silence,
Que la sagesse impose à l'homme du pouvoir,
Devant la vérité des limites de son assurance.

Maître de ton destin ?

Veux-tu être maître de ton destin ?
C'est dans la science, le travail et l'amour,
Que tu en puiseras les armes.
Puise dans la science, le travail et l'amour,
Si tu veux être pilote de ta vie.

Neuf neuvaines de prière sont vaines,
Neuf années de rituels t'en éloignent,
Si le repère qui t'active
N'est point science-travail-amour.

Car le Seigneur de l'univers te bénit,
Dans la science, le travail et l'amour,
Et ferme son oreille à celui qui se ferme,
A l'amour qu'il porte à ceux qu'il aime.

Le Seigneur de l'univers te bénit,
Dans la science, le travail et l'amour,
Et ferme sa main à celui qui se ferme,
Au travail qui nourrit ceux qu'il aime.

Le Seigneur de l'univers te bénit,
Dans la science, le travail et l'amour,
Et ferme son esprit à celui qui se ferme
A la science qui éclaire ceux qu'il aime.

Regarde-toi qui te suicide

Oh! Peuple bien-aimé,
Nation chérie de mon cœur !
Ecoute l'écho de la plainte,
De tes ancêtres irrités,
Du fond des cimetières.
Ecoute la clameur muette,
De ta jeunesse inquiète,
Du destin tragique entrevu.

Ecoute et prends garde,
Peuple que le ciel m'a choisi !
Tes enfants s'entretuent,
Du matin au soir,
Pour le contrôle des gangs.

Tes fils se donnent un dieu,
Qu'ils adorent sans état d'âme :
Le dieu du modernisme exhibitionniste !
Ils servent les princes de ce dieu :
Le prince du mimétisme asservissant !
Le prince de la course au dernier cri !
Le prince de l'accumulation des richesses !
Le prince de la corruption !

Le prince du viol organisé !
Le prince de la paresse et du vol !
Le prince de la jalousie et de la sorcellerie !
Le prince des complots hourdis,
Contre les valeurs de l'éthique et du travail !

Regarde et écoute,
Peuple que j'ai en estime !
Tes fils s'organisent pour tuer,
Les producteurs de richesses et leurs fils !

Regarde et écoute,
Tes fils s'enliser dans l'illusion,
Que le fantôme de la poule aux œufs d'or,
Peut continuer sa ponte aux œufs d'or !

Regarde et écoute,
Tes fils acclamer Barrabas,
Pour crucifier leur Christ !

Regarde avec un frisson contagieux,
Ces milliers d'enfants squelettiques,
S'élever du tombeau de l'avenir,
Et avancer vers toi de blanc vêtus,
Pour te demander des comptes,
Toi qui as consumé leurs carburants,
Avec tes projets de suicide collectif,

Et ton envie illusoire,
De poser la contre-valeur en modèle !

Regarde avec frisson,
Ce fleuve de sang remonté,
De l'instant futur au présent,
Pour recueillir la sensibilité,
Des cœurs de pierre qui piétinent,
Le droit à la paix des générations futures !

Regarde et prend pitié,
Peuple chéri de mon cœur,
Pour tes enfants qui se tuent,
Des plaisirs malsains et cyniques,
Des dieux de la mort !

Songe de minuit

J'ai fait un songe,
Mon pays mourant se mourait
D'une mort lente et lancinante,
Volontaire et planifiée.
Des hommes et des femmes de chez nous,
Marchaient dans la rue en clamant :
« Halte au recrutement des pauvres !
L'armée a besoin de fils de parvenus,
Qui ont appris à ne rien faire,
Ni de leurs mains, ni de leur tête,
Et qui savent savourer la vie,
Au péril des leurs propres.
Halte au recrutement des pauvres
Qui nous empêchent de mourir! »

Des hommes et des femmes de chez nous,
Tous de blouses blanches vêtus,
Comprimaient de la farine de manioc,
Qu'ils distribuaient à travers le pays,
Dans les hôpitaux et les pharmacies ;
Et les griots chantaient leurs exploits,
Et le pays leur donnait des titres,
Ceux de chevaliers du mérite et de l'éthique.

Des hommes et des femmes de chez nous,
De grands hommes et de grandes femmes,
Hauts de taille et haut de sagesse,
Ou hauts de fortune et de bassesse,
Se réunissaient pour rédiger
Une pétition réclamant la mise à mort,
D'officiers de police et de hauts magistrats,
Coupables d'avoir fait emprisonner
Des scélérats bienfaiteurs,
Du programme de suicide collectif.

Des hommes et des femmes de chez nous,
Prenaient d'assaut une chaîne de télévision,
Et clamaient la charte du NPSE,
Le Nouveau Programme de Suicide Economique :

« Encourager le mensonge publicitaire,
Encourager la contrefaçon et la malfaçon,
Encourager le lynchage médiatique,
Encourager les détournements de fonds,
Encourager les nouveaux riches,
Producteurs des foules de nouveaux pauvres,
Au détriment des nouveaux riches,
Producteurs de croissance et des richesses. »

Des hommes et des femmes de chez nous,
Prenaient en chasse un jeune téméraire,
Qui prétendait vouloir les sortir du trou,
Par l'arithmétique et le travail.

Ces hommes et ces femmes de chez nous,
Avaient dressé une statue géante,
A l'honneur de leur dieu,
Une certaine élite de la pensée unique,
Qui ne produisait aucune richesse,
Et savaient distribuer argent et alcool.

Des hommes et des femmes de chez nous,
S'installaient aux coins des rues,
Et inscrivaient sur leurs étalages :
« Diplômes à vendre ! »
Et des foules se pressaient sans ordre,
Réclamant à tue-tête,
Des diplômes du pays et d'ailleurs.

Des hommes et des femmes de chez nous,
S'installaient aux coins de rues,
Et inscrivaient sur leurs étalages :
« Nationalités à vendre ! »
Et des foules se pressaient sans ordre.

Des hommes et des femmes de chez nous,
S'installaient aux coins des rues,
Et inscrivaient sur leurs étalages :

« Prisons à vendre ! »
Et des foules se pressaient sans ordre.

Des hommes et des femmes de chez nous,
S'installaient aux coins des rues,
Et inscrivaient sur leurs étalages :
« Poison à vendre ! »
Et des foules se pressaient sans ordre,
Heureuses d'avoir trouvé les sauveurs.

Des hommes et des femmes de chez nous,
Tous de soutane vêtus,
Prononçaient des versets obscènes et magiques,
Et déclaraient aux foules sans force,
Qu'ils avaient le pouvoir de guérir de la vie,
Et le devoir de dénoncer à tout offrant,
Les ennemis qui lui causaient la vie.

Des hommes et des femmes de chez nous,
Las d'attendre la fin de la décroissance,
Allaient aux devants du prince de la mort,
Qui leur laissait le choix d'entrer,
Par l'une ou l'autre porte obscure,
Qu'il dressait fièrement,
Sous une trompeuse et loyale concurrence.
Des hommes et des femmes de chez nous,
Las d'attendre le point d'achèvement de tous,
Allaient aux portes des services publics,
Et exigeaient à tout usager public,

La carte de séjour du royaume des morts,
Dûment signée et certifiée du prince.

Et j'ai vu la vie, rouge et furieuse,
Surgir d'un grognement de tonnerre,
Sous forme de flamme, de balance et de cacao,
Semer la terreur au milieu des foules.

Fixées dans l'attente de l'achèvement de tous,
Désormais très proches du suicide,
Ces foules ne savaient quel chemin choisir :
A la première et deuxième porte du prince,
S'ajoutait la vie, rouge et furieuse,
Rouge de jalousie, furieuse après le prince.

Partie II : Aux bals masqués

Des bombes pleuvent sur nous,
Il en pleut des cordes, des lames de feu.
Vulnérables, nous nous sentons.
Il nous faut un abri sûr,
Le plus fort des châteaux forts,
Qui ne serait pas un gîte de vipères.

Bal des malvoyants

Au bal des malvoyants,
Il est amusant de voir des bien-voyants,
S'amuser à la vue des malvoyants,
Qui ne voient des bien-voyants,
Que le soutien aux malvoyants.

Ils sont nombreux, les malvoyants,
Qui confient leur prunelle aux bien-voyants,
Qui les profanent au nez des malvoyants,
Sans égards des autres bien-voyants,
Qui sont au bal des malvoyants.

Il existe quelques malchanceux malvoyants,
Qui écoutent le discours des bien-voyants,
Et décodent un complot contre malvoyants,
Qui prennent pour guides des bien-voyants,
Qui viennent au bal des malvoyants.

Mais le sort de ces malvoyants,
Qui découvrent le complot des bien-voyants,
Est triste pour des malvoyants.
Ils sont abandonnés des bien-voyants,
Et refoulés du bal des malvoyants.

Car le complot des bien-voyants,
Effraie tant la classe des malvoyants,
Qu'elle préfère s'en tenir au rêve des bien-voyants,
Très bienveillants pour les malvoyants,
Surtout au bal des malvoyants.

Et la découverte du complot par des malvoyants,
Effraie tant la classe des bien-voyants,
Qu'elle préfère réduire ces malvoyants,
Au statut de malentendants,
Très malveillants pour les malvoyants.

Les auberges du culte

J'ai vu en rêve un président d'un Etat laïc,
Qui s'accommodait des mœurs dépravées
De la haute société de gens civilisés.

Le président de l'Etat laïc,
S'accommodait des mœurs corrompues,
Des usagers et agents de l'Etat,
Qui se targuaient de leur délinquance.

Le président de l'Etat laïc,
S'accommodait des braquages,
Perpétrés par des hauts dignitaires,
Qui couvraient des jeunes en perte de repères.

Mais le président de l'Etat laïc,
S'attrista sombrement,
Lorsqu'il fut informé que des lieux de culte,
Abritaient des auberges pour corrompus.

Que deviendra mon peuple,
S'écria le président de l'Etat laïc,
Si la graine à ensemencer
Est contaminée par la pourriture ?

Le président de l'Etat laïc,
Convoqua imams, modérateurs et évêques,
Pour leur intimer l'ordre de détruire leurs auberges.

A ma nation

Terre chérie qui a vu pousser
Des volcans et des fromagers,
Des lions et des colibris,
Des chimpanzés et des grands singes,
Terre chérie qui a vu pousser un peuple fécond et travailleur,
Comment te glorifier pour tant de merveilles sorties
Du fond de tes entrailles toujours actives ?

Les flancs noirs de tes volcans,
Un carburant de valeur pour ce peuple !
Les forêts vertes de tes plaines,
Un carburant de valeur pour ce peuple !
Les terres sablonneuses de tes savanes,
Un carburant de valeur pour ce peuple !
La faune riche de tes brousses,
Un carburant de valeur pour ce peuple !
Des filles belles et studieuses,
Un carburant de valeur pour ce peuple !
Des garçons vigoureux et créatifs,
Un carburant de valeur pour ce peuple !
Des femmes aimables et laborieuses,
Un carburant de valeur pour ce peuple !
Des hommes intelligents et calculateurs,
Un carburant de valeur pour ce peuple !

Un Dieu d'amour et de miséricorde,
Un carburant d'extrême valeur pour ce peuple !

Comment te glorifier, terre chérie,
Pour tant de merveilles,
Que tu organises pour ce peuple,
Que tu vois pousser de tes entrailles ?

Comment te glorifier, terre chérie,
Toi dont les carburants se consument,
Si souvent au prix de tes larmes,
Et au cœur de la misère de ce peuple ?

Comment te glorifier, terre chérie,
Si ce n'est par l'apprentissage
De la gestion pertinente
De ces carburants d'extrême richesse ?

Que fais-tu de tes valeurs ?

Il m'est souvent conté l'histoire de tes héros :

Ceux qui réussissent sans faute,
Dans leurs parcours scolaires,
Sur les terrains de jeux,
Ou dans la jungle des affaires ;

Ceux qui ont la grâce
De l'intelligence et du discernement,
De la fécondité et de la sagesse,
De la vieillesse et de la bienveillance.

Tous ont le même récit,
A conter à leurs vrais amis :
Le récit des bourreaux tenaces,
Des bourreaux en rangs serrés,
A la traque de la valeur.

Dans ce pays de tous les fauves,
La valeur est un péché mortel,
Que beaucoup enterrent à la hâte.

Quel sort
Réserves-tu à tes fils,
Les plus vertueux,
A tes fils qui n'ont où cacher
Leur valeur intrinsèque
Au regard des chasseurs de grâces,
Toujours à l'affût et à l'assaut,
De la brindille de succès ?

Ils sont indifférents au fou ;
Devant la folle qui danse nue,
Ils s'égaillent de rincer l'œil,
Et abandonnent vite la délectation,
Au passage du porteur de vertu.

Que faire,
Pour te développer,
Tant que tes petites valeurs,
Sont dissimulées par pudeur,
Et que tes grandes valeurs,
Sont mangées par des truands ?

Que faire,
Pour le faire rouler à pleins gaz ?

Les princes

J'observe souvent avec effroi
Le spectacle désolant
Des princes des réseaux
Qui s'activent au contrôle
Des secrets sublimes du pouvoir.

J'observe souvent avec effroi
Ces hommes et ces femmes
Qui vendent leur humanité
Contre une sublime tristesse.

Le prêtre cesse de poser
Un regard de pasteur sur ses brebis
Pour n'avoir de rêve
Que sur le vagissement du pouvoir.

Au bonjour du patient,
Qui vient implorer une oreille,
Il répond par un silence,
Retentissant et abasourdissant.

Le médecin brûle son Hippocrate,
Et béni son charmant sécateur,
Qu'il emploie avec dextérité,
Pour cueillir reins et cœurs frais.

Le contrôle du marché,
Lui fournit des ressources,
Pour le contrôle sans partage,
Des réseaux mafieux du pouvoir.

Il vend l'humain,
Bon gré, mal gré, il le vend,
Au plus offrant
Des victimes des réseaux mafieux.
Et l'élève ! Votre élève !
Il vous regarde d'en-haut,
Sûr de ses appuis,
Dans les réseaux du pouvoir.

J'observe souvent avec effroi
Le spectacle désolant
De ces princes du pouvoir
Qui s'activent à te développer.

Nation chérie de mon cœur,
Quand organiseras-tu,
Des réseaux vertueux
Qui recrutent l'excellence ?

Quand protègeras-tu
Tes fils les plus valeureux
Contre l'esclavage à vie,
Aux mains de puissants feymen ?

Quand, Nation chérie,
Diras-tu stop à la médiocrité
En promotion dans tes corps d'élites ?

Quand te donneras-tu,
Des juges qui savent dire leur droit,
Des géomètres qui savent calculer,
Et des paresseux qui savent mendier ?

La dictature

L'autocratie et la dictature,
Sont filles de saints hommes,
Confiant le saint destin du peuple,
A la très sainte pensée unique.

L'autocrate n'est jamais mauvais,
Au fond de lui et de ses pensées.
C'est un saint homme,
Avec des armes de la pensée unique.

Le dictateur croit en lui,
Et à ceux qui croient en lui.
Il déteste la contradiction,
Et les lenteurs de compréhension.

S'il fait taire les contradicteurs,
Et ignore les mauvais élèves,
C'est parce qu'il voit clair,
Les intérêts de son peuple aimé.

S'il s'entoure des béni-oui,
Et éloigne des têtes-dures,
C'est parce qu'il croit suffisantes ses forces,
En faveur du peuple dont il est le messie.

Le dictateur voit le diable partout,
Se sert des armes du diable,
Pour tuer à jamais les germes du diable,
Opposés aux projets vitaux de son peuple.

Emerge alors un combat de diables :
Le dictateur, avec les armes du diable,
Chasse les suppôts du diable,
Qui l'accusent de diable incarné.

Ce combat peut durer une vie,
Il peut durer deux cycles de vie,
Sans vainqueur ni vaincu,
Si personne ne change les lunettes,
Du dictateur.

Notre vraie valeur

Tombé dans la boue,
On reconnait ceux pour qui
On a de la valeur.

Vous escaladez les marches du succès,
Vous sentez la tête grossir,
Au regard de tant d'admirateurs,
Avant même d'être au sommet.
Tenez bon sur vos fragiles marches,
Qui vous laisseront volontiers tomber.

Tombé dans la boue,
On reconnait ceux pour qui
On a de la valeur.

Vous survolez l'actualité mondiale,
Dans les colonnes du sport et du cinéma.
Des foules se lèvent sur vos pas,
Des hommes d'Etat se courbent pour vous.
Profitez bien des cimes éphémères de la gloire,
Qui vous laisseront volontiers tomber.

Tombé dans la boue,
On reconnait ceux pour qui
On a de la valeur.

Vous dandinez sur vos talons,
Sûre de l'effet du maquillage
Sur vos millions d'admirateurs.
Vous êtes miss-univers,
A la beauté étincelante !
Pensez à la fragilité de cette beauté !

Tombé dans la boue,
On reconnait ceux pour qui
On a de la valeur.

Vous avez donné plus de coups
Que vous n'en avez reçus
Dans la jungle de la politique.
Vous sentez le pouvoir grossir
Dans la paume de votre main.
Pensez à ce coup fatal que vous recevrez !

Tombé dans la boue,
On reconnait ceux pour qui
On a de la valeur.

Traduit à la cour, devant Pilate,
Vous voilà bientôt seul.
Vos admirateurs d'hier s'égaillent
Sur votre corps flagellé et meurtri.
Vos amis inconditionnels d'hier
Vous laissent pitoyablement tomber.

Tombé dans la boue,
On reconnait ceux pour qui
On a de la valeur.

Dans la gangrène de la misère,
Vous attendrez en vain du secours
De ceux qui secouraient vos exploits.
Vous les verrez s'éclipser et rire sous cape,
Derrière votre silhouette pliée
Sous le poids de l'attente des copains.

Tombé dans la boue,
On reconnait ceux pour qui
On a de la valeur.

Dans la boue où vous jettera le mécréant,
Vos cris de détresse n'émouvront personne,
A part ceux pour qui les biens dérobés
Valent infiniment moins que l'homme,
Qui attend de croiser un regard d'homme
Dans la boue où le jette le mécréant.

Tombé dans la boue,
On reconnait ceux pour qui
On a de la valeur.

Le paradis

Le jour où nous saurons
Ce qui se passe au paradis,
Nous serons de ce seul fait
Des hommes nouveaux.

Nous observerons avec envie
Cette peuplade de la forêt,
Dont la case à palabres
Rassemble les hommes tous les soirs.

Nous resterons sans voix,
Devant le pêcheur fortuné,
Qui partage son butin,
A ses compagnons infortunés.

Nous porterons nos bottes,
Pour prêter main-forte,
A la poignée de jeunes organisés,
Pour refaire le ponceau du quartier !

Nous pleurerons de nostalgie,
A la vue de cette fillette sale,
Qui ramasse une graine d'arachide,
Et la partage avec ses trois amies.

Nous regretterons cette époque,
Où la stérile était la mère de tous,
Où les enfants appartenaient à tous,
Dans un village où tout était à tous.

Car, nous comprendrons bien,
Que ces personnes souvent dédaignées,
Se nourrissent de chaleur humaine,
Dans un bout de paradis.

La gestion des carburants

Le carburant, c'est la vie,
C'est ta vie que tu consumes.
Comme le pétrole des plaines d'Irak,
Tu t'enflammes au contact de l'air,
Tu t'enflammes à fleur de terre,
Tu t'enflammes pour enflammer
Les convoitises de tes fils,
Des fils de tes fils et de tes filles,
Des fils de tes lointains voisins,
Des fils de tes proches voisins,
De tes amis et tes ennemis.

Tu t'enflammes souvent pour rien,
Tu t'enflammes pour te consumer,
Pour étaler tes richesses insolentes,
Et ton incapacité à te contenir.

Dis donc ! A quoi sert ton carburant ?
A te consumer par pure exubérance ?
A t'élever vers les hauteurs de la vie ?
A t'enraciner dans les profondeurs de la vie ?

Dis ! A quoi sert ton carburant,
Toi, la nation que j'aime !

Toi, la famille que j'aime !
Toi, l'institution que j'aime !
Toi, la mère que j'aime !
Toi, la fille que j'aime !
Toi, le fils que j'aime !
Toi, l'épouse adorée !
Toi, dont le regard conte mon Afrique !

Dis comment tu nommes tes carburants,
Dis comment tu gères tes carburants,
Dis dans quelles profondeurs de la vie
Tu veux te voir enraciné.
Dis vers quelles hauteurs de la vie,
Tu veux te voir envolé.

Dis ! Dis donc ce que tu as,
Pour gérer ces carburants inflammables,
Pour aller des profondeurs aux hauteurs,
De cette vie qui donne tout
A ceux qui ont le secret de la gestion
Des carburants de leur vie !

La sorcellerie basse

La sorcellerie basse est une meurtrière inoffensive.
Elle n'a pas de griffes à poser sur vous,
Elle n'a pas de dents fortes pour votre chair,
Mais elle a un très puissant épouvantail.

Elle sait vous endormir sous la peur,
Elle sait vous faire courir par peur,
Elle sait vous enfermer dans la peur,
Qui vous tue de votre bonne mort.

Quand vous aimez la vie à mourir,
Elle active son épouvantail sur votre vie.
Quand vous craignez la mort à mourir,
Elle active son épouvantail pour votre mort.

Elle sait toujours par où vous prendre,
Dans le royaume des peurs qui vous hantent.
Elle sait vous aplatir sous vos talons,
Pour avoir l'honneur de votre perte.

Alors vous cessez de travailler,
Pour chercher le coin du talon aplatisseur ;
Alors vous ne consultez plus le médecin,
Pour chercher le coin du talon aplatisseur.

Agi par vos peurs multiples et homophobes,
Vous courrez à travers le pays,
A la recherche de la chaussure à talon,
Qui vous aiderait à vous aplatir.

Quand vous serez à bout de souffle,
La sorcellerie basse nourrira ses appétits.
Elle assouvira un laps de temps sa jalousie,
Sur votre corps sans force et sans vie.

Sur vos restes, elle dansera sa mort,
Le regard fixé sur votre paisible voisin,
Dont le bonheur la fait mourir de dépit.

Un plaisir si malsain

L'un des plaisirs malsains,
Dont l'amertume abreuve souvent
Les vaillants jaloux de chez moi,
Est de promouvoir sans frais l'inconnu.

Des journalistes de chez moi,
Les bons et les meilleurs,
Font la promotion gratuite,
Des produits de Sibérie et de Chine.

Des radios communautaires,
Les bonnes et les meilleures,
Font la promotion gratuite
Des musiques de Tom et de Yan.

Le peuple de chez moi,
Le petit et médiocre peuple,
Veut pourtant voir et écouter,
Films et musiques de chez moi.

Mais journalistes et animateurs
Font payer à prix d'or,
Ceux qui tiennent à faire passer,
Films et musiques autochtones.

La publicité gratuite des œuvres orphelines
Donne un plaisir amer,
A préférer au plaisir rose,
De la promotion des œuvres autochtones.

Les politiques de chez moi,
Donnent des fortunes hallucinantes,
A l'entraîneur de football inconnu,
Au lieu d'un salaire de misère autochtone.

L'Agence de passation des marchés,
Croit dur comme fer,
Qu'un misérable charpentier d'ailleurs,
Vaut mille polytechniciens locaux.

Et que mangent-ils,
Les gens de chez moi, les braves de chez moi ?
Du caviar, du poltroniar, du nuliar,
Qu'aucun autochtone ne sait produire.

Ces plaisirs bleus-amers,
Qui offrent des faveurs à l'inconnu,
Des voisinophobes de chez moi,
Les meilleurs de chez moi,
Les adorent de toutes leurs âmes.

Et ils font mieux, ces gens :
Ils prennent la place de l'inconnu,
Sans mandat du pauvre orphelin,
Pour museler ses rivaux locaux.

Torturer et museler
Les vaillants génies autochtones,
Donne du plaisir aux voisinophobes,
Et nourrit des délinquants de tous bords.

Les milliers d'extrémistes de droite,
Les xénophobes et les homophobes,
Grossissent des plaisirs amers,
Sous la torture des voisinophobes.

Le bon et le mauvais argent

Les gens de chez moi ont peur,
Ils ont très peur du mauvais argent.
Mais quasiment tous sont à la recherche
Des positions où se font des trafics
De pourboire et de blanchiment d'argent.

L'argent des pots de vin serait propre,
Comme celui des détourneurs connus,
Comme celui des braqueurs connus,
Et des fabricants de fausse monnaie.

Le mauvais argent viendrait du diable,
Des temples consacrés aux démons.
Il serait pondu par des serpents-boas.
Il pousserait dans des chambres réservées.

Le mauvais argent serait toxique,
Pour l'esprit de celui qui le reçoit,
Quand bien même il en ignorerait l'origine.

Mais les deniers publics détournés,
Seraient du bon argent comptant.
De l'argent ramassé dans du sang,
Serait du bon argent comptant,
Non toxique pour l'esprit.

Les gens de chez moi n'ont pas peur,
Du bon argent mal récupéré.
Ils n'ont peur que du mauvais,
Qui proviendrait des démons.

Alors les détourneurs de fonds publics,
Les plus malins savent se protéger,
Des soupçons de pilleurs de la nation,
En faisant croire aux vertus du serpent-boa.

Les assassins les plus fous,
Disent avoir un pacte diabolique,
Pour justifier leur fortune insolente,
Et bénéficier du silence social.

Les gens de chez moi,
Pour éviter la souillure innocente de l'esprit,
Ont très peur du mauvais argent,
De l'argent maudit du diable.

Mais à force de fuir l'éléphant blanc,
On finit victime des défenses blanches
De l'éléphant gris des brousses communes.

Le trou de la fin

Le trou. Je le vois. Profond. Rond.
Je le vois. Noir. Rouge. Bleu.
Je le vois. Le trou. De la nuit. De la fin.
Je le vois. Un monstre. La mort.
Laid. Affreux. Terrifiant.
Je le vois. Yeux fermés.
Yeux ouverts. Je le vois. Couché.
En marche. A l'arrêt.

Je les vois. Aveugles. Naïfs. Sans défense.
Je les entends. Ils grouillent. Ils grincent.
Je les entends. Ils gémissent. Ils s'écrient.
Je les entends. Ils pleurent. Ils hurlent.
Je les entends. Dans le trou. De la fin.
Je les entends. Affolés. En guerre.

Je le sens. Dans sa puanteur. Mauve.
Je le sens. Sous mes pieds. Cuits.
Je le sens. Sa profondeur. Un abîme.
Je les sens. Haineux. Du mauvais bord.

Je me sens… Fatigué. A bout de force.
Dans ce combat. Je combats. Seul. Contre qui ?
Aucun appui. A mes côtés.
Je crie. Je pleure. Personne.

Inaudible. La voix du messager. De la paix.
Dans cette foule bavarde. Des gens hurlent.
Tous hurlent. Pour la guerre.
Lugubrement attirés. Vers le trou affreux. Le trou grouillant.

Contre moi : ces pense-à-rien, ces y-voit-rien.
Ces os sans trafic. Ces ignorants de la Rue Anda.
A sortir du trou. A éloigner du trou.
Contre moi : ces pense-cloisons, ces pense-poison.
Qui combattent. Du mauvais bord.

Ces chiens du trou. Ils vous mordent. En les sauvant.
Qu'il est difficile ! Voir le trou ! Que personne ne voit !
Qu'il est difficile ! Protégez du trou.
Des armées en guerre. Se précipitant.
Dans le trou de la fin !
Qu'il est difficile ! Hausser l'épaule. Devant cette foule.
Bavarde pour rien. Lugubrement joyeuse !
Qu'il est difficile. Lutter ! Contre l'intolérance ! Lutter contre le trou !
Qu'il a chaud ! Le messager de la paix. Dans la foule enivrée !

Qu'il serait facile ! S'arrêter ! Détruire les cloisons !
Vivre en paix !
En hommes !

La vie à raviver

La douleur te déchire,
Le chagrin te détruit.
Le cœur lancinant,
Le corps s'épuisant,
Tu es seul à regarder,
L'étendu de la peine,
Et le prix de l'effort
A endurer pour t'affranchir.

Comme la douleur serait affaiblie,
Si l'homme recevait le soutien,
De l'homme qui hausse l'épaule,
Et de l'homme qui prend plaisir,
A la misère qui n'est pas sienne !
Comme tu t'en trouverais guéri,
A la vue de ces regards indifférents,
Se changeant en regards compatissants !

Comme il serait sécurisant,
Pour l'homme qui ne souffre pas,
De savoir qu'au jour de la souffrance,
L'homme qui ne souffrira pas,
Lui apportera compassion et soutien !
Comme la vie serait vivante,

Dans une société sociable,
Avec des hommes au cœur humain !

Le lait paternel

Ce n'est jamais facile d'être père ;
Le lait paternel se donne dans la douleur.
Douleur du père qui souffre d'allaiter,
Douleur de l'enfant qui souffre du rude lait.
Ce n'est jamais facile d'allaiter en père.

Ce n'est jamais facile d'aller sans chaussures,
Quand votre solde vous permet cent chaussures.
Ce n'est jamais facile de tout vous priver,
Quand d'autres jouissent sans se priver.
Ce n'est jamais facile de vivre dans l'angoisse,
Quand d'autres, sur leurs enfants, sont sans angoisse.

Ce n'est jamais facile d'être patient,
Devant les pas lents d'un fils impatient.
Ce n'est jamais facile de perdre le sourire,
Devant la bêtise d'une fille qui garde son sourire.
Ce n'est jamais facile de montrer le sommet,
Devant les enfants qui prennent le flanc pour sommet.

Non ! Ce n'est jamais facile d'être père.
Heureux êtes-vous, enfants qui avez un père !
Vous qui avez un père allaitant de son sang,
Vos battements de cœur et poussées de dents,

En buvant le rude et aigre lait,
Pensez à ceux dont la tête du père est dans les nuages,
Sans souci pour ce que touchent les pieds
Sur notre terre de pères allaitants.

Partie III : Prophéties

Les prophètes de malheurs sont morts.
Les vivants prédisent l'avenir de la rose,
Dont les épines s'adoucissent
A la caresse de l'œil intéressé,
Et se pointent au tour artistique
Du serpent de la ruse.

Tu n'as pas compris l'homme

Tu n'as pas compris les problèmes de l'homme,
Dit un jour un jeune curé de campagne,
A son vieux compagnon le catéchiste,
Qui ajournait ce jour sa communion,
Du fait d'avoir rompu malgré lui,
L'écran par lequel il voyait les saintes mains,
Qui lui administraient le saint sacrement.

Tu n'as pas compris les problèmes de l'homme,
Lui dit avec insistance le jeune curé,
Rendu malade de la maladie du catéchiste,
Incapable de reconnaître l'homme aux abois,
Dans les mailles de sa propre bêtise,
Qui vous souille la vie et vous souille l'âme,
Dans un attrait flatteur.

Tu n'as pas compris les problèmes de l'homme,
Phagocyté par des leurres parsemés dans la vie,
Et contre lesquels nous devons réagir,
À l'unisson par une compassion de querrier,
Pour le compagnon touché par l'ennemi,
Arrogant et tortureur.

Tu n'as pas compris les problèmes de l'homme,
Malheureux combattant contre lui-même,
Déchiré entre la conscience et la bêtise,
Malmené dans la bataille de l'âme et du corps,
Torturé par les tentions du pouvoir et de la vie,
Et à l'attente de ton offre de médiation,
Pour le réconcilier avec sa propre personne,
Et casser pour de bon l'écran qui altère son image.

Tu n'as pas compris les problèmes de l'homme,
Qui sous le choc de sa propre bêtise,
Feint de l'ignorer en s'enfonçant dans la bêtise,
S'asphyxie dans la sphère de la puissance,
En se fermant aux regards inquiets,
Des compatissants qui espèrent un geste d'espoir,
Qui leur rendrait le courage dans leur lutte,
Contre la fascination de la sale bêtise.

Tu n'as pas compris les problèmes de l'homme,
A plaindre quand il abandonne tout,
Et s'abandonne à sa propre inertie,
Qui le conduit inexorablement,
De turpitude en turpitude,
Vers le feu de ceux qui n'ont pas compris
Les problèmes de l'homme aux prises avec la belle bêtise.

Tu n'as pas compris les problèmes de l'homme,
A plaindre par toutes les larmes chaudes,
Quand il se croit profondément innocent,
Ou quand il se croit condamné à l'abîme,
Ou quand il se croit exempt de l'obligation
De solidarité pour l'homme aux abois,
Dans les mailles de sa propre bêtise.

Tu n'as pas compris l'homme,
Animal social,
Bête comme sa bêtise,
Ardant de désir,
D'humanité
Et de sainteté.

Prophétie de paix

La plus belle religion,
C'est celle de la paix,
Celle qui cultive la paix,
Et élève la tolérance,
Et la foi radicale
Au Dieu de Paix et d'Amour.

La religion des fanatiques de la paix,
Est la seule qui survivra,
Aux religions des fanatiques de la guerre,
Qui sèment intolérance et méfiance,
Entre peuples créés dans la paix et l'amour.

Le miséricordieux séchera les larmes des victimes,
Il écoutera la plainte des mutilés,
Et consolera les orphelins et les veuves,
En faisant la guerre aux saigneurs de guerre,
Responsables de toutes les tortures,
Infligées à la paix dans ce monde.

Le monde entier n'aura qu'un Dieu,
Il ne croira qu'au Dieu de la paix,
Qui châtie le péché de la ségrégation,
Le péché du racisme et de l'exclusion,
Et bénit la vertu de la solidarité,
Cultivée dans tous les peuples,
Par le chœur des religions de la paix.

Mon métier de rêve

Quand je serai grand comme mon père,
Je piloterai des avions,
Qui transporteront des peuples,
De tous les coins de notre monde,
A la découverte de leur monde.
Je ne transporterai que les jeunes
Qui veulent franchement découvrir
Les peuples et les cultures d'ailleurs.

Je porterai des secouristes,
Au chevet des peuples en souffrance,
Du fait des saintes guerres hideuses,
Qui nourrissent les saigneurs de guerres.

Je porterai des orphelins,
Auprès des pères d'enfants-soldats.
Je transporterai des jeunes veuves,
A la quête d'un consolateur.
J'enlèverai des jeunes soldats,
Des champs des guerres pour hommes âgés.
J'inscrirai ces enfants soldats
Dans les meilleures écoles du monde,
Pour leur restituer la jeunesse.

Quand je serai grand comme mon père,
Je n'aurai aucun autre métier,
Que celui de pilote de la paix.

Le carburant de l'humanité

L'humanité a mille carburants,
Qui nourrissent ses véhicules,
Et ses usines à carburants.
Mais un seul suffit à tous :
Le carburant de la paix stable.

Dans la nuit des temps,
L'humanité fut créée par et pour la paix.
Mais l'ennemi de la paix
Se saisit du cœur d'Eve,
Pour saborder l'union pour la paix.

Mais l'ennemi de la paix,
Plein de carburants toxiques,
Se saisit du cœur de Caen,
Pour créer la première guerre,
Qui plongea l'humanité dans l'horreur.

Mais l'ennemi de la paix,
Fit dire à certains illuminés,
Qu'ils étaient le phare missionné,
Pour plonger l'humanité entière
Dans les ténèbres barbares.

Mais l'ennemi de la paix,
Fit donner à certaines puissances,
L'anxiété généralisée d'une attaque,
De la paix nationale à construire,
Dans les usines de guerre.

Heureusement qu'un jour béni,
Un savant très sage,
Fit la découverte déconcertante,
Que la paix construite,
Est le meilleur carburant humain.

Cette découverte nominée chez Nobel,
Fait le tour des laboratoires humains,
De l'exclusion et de la guerre,
Pour saborder l'ennemi de l'humanité,
Et poser la paix en carburant de vie.

Le savant très sage,
Qui fit la découverte du vrai carburant,
Attend les progrès du cœur humain,
Pour démontrer la pertinence de sa découverte,
Et recevoir enfin son Nobel de la paix.

Ce jour qui n'est plus loin,
Les nations unies uniront les nations,
Pour chanter un chant nouveau,
Que des siècles de méfiance,
Ont étouffé dans le chœur humain.

Testament pour ma fille

Ma fille bien aimée,
Je te confie au 21è siècle,
Avec sa science et sa technique,
Sa science et ses développements,
Ses découvertes et ses progrès,
Ses préjugés et ses erreurs.

Je ne te confie à aucune religion,
Pas même celle des vrais fils de Dieu,
En perpétuelle lutte contre les faux fils de Dieu.

Crée la religion de l'amour,
Celle des fils de l'amour,
Contaminés par le feu de l'amour,
Pour les vrais et les faux fils de Dieu.

Soumets à l'évangile de l'amour,
La science et la technique,
Les hommes et les femmes,
Les athées et les croyants.

Ma fille bien aimée,
Je te confie le 21è siècle,
Avec sa science et sa technique,
Avec ses hommes et ses cultures,
Et l'amour contagieux à semer à tous vents.

Sielouja

Sielouja, chère rivale éternelle
Du bonheur de mon peuple !
Pourquoi ronges-tu
Le cœur et l'appétit
De celui qui t'héberge ?

Pourquoi, Sielouja,
Penses-tu que personne
Ne mérite du bonheur,
À part ton esclave,
Qui souffre de t'héberger ?

De grâce, chère Sielouja,
Je te veux éloignée
De moi et des hommes.

Je connais un endroit
Où tu vivrais en paix,
Aux soins d'un esclave fidèle.
Je t'indiquerai un arbre,
Un accueillant fromager,
Qui, du haut de sa frondaison,
Étouffe les velléités
De la forêt entière.

Les secouristes de la victoire

La vie a ceci de marrant,
Que personne ne vous découvre,
Lorsque vous êtes dans le trou.
Dans la galère, vous croupissez,
Loin des consciencieux scrupuleux,
Dans le rejet des vues sans scrupule.

Dans la jeunesse, vous vous embourbez,
Loin des conseils prévenants,
Dans le rejet des sages prévenants.
Dans l'alcool, vous vous noyez,
Près des amis bienveillants,
Avec des voisins généreux.

Lorsque vous vous serez battu,
Pour sortir de votre trou,
Pour vaincre la galère qui humilie,
Pour vaincre les toxines de jeunesse,
Pour vaincre les nuages de l'alcoolisme,
Vous aurez une foule unanime,
Qui vient au secours de la victoire,
Votre victoire qui est la leur.

Untel se charge de vous dire,
Où sont les pièges de la vie,

Untel s'oblige à vous révéler,
Qui sont vos ennemis, Untel s'offre entier,
Pour sauver votre victoire commune.

Si la vie offrait davantage de victoires,
Peut-être, aurions-nous des secours en réserve,
Pour ceux qui tombent dans le trou.

La passion des métiers

L'adolescent s'expose à la déviance
Quand aucune passion du succès
N'oriente son énergie vers aucun champ.
La passion éclot les métiers,
Le travail les porte en maturité.

Le fils à papa dilapide l'héritage
Par manque de passion pour le champ
Autrefois entretenu par le père.
La passion éclot les métiers,
Le travail les porte en maturité.

L'éveil à la passion des métiers
Est le plus bel héritage à bâtir
Pour les enfants du monde.
La passion éclot les métiers,
Le travail les porte en maturité.

Assis sur une mine d'or,
L'éboueur aigri s'épuise de rancœur,
Alors que la passion des orfèvres
Entraine les doigts de l'artisan
Qui transforme des boules de boues
En précieux lingots d'or.

Mourir et mûrir

Comment on fait pour mourir,
Euh, je veux dire pour mûrir ?
Car vous le savez, pour mûrir,
Il faut accepter de mourir.
Il faut voir l'homme naïf mourir,
Pour laisser l'adulte avisé mûrir.
Il faut laisser l'homme d'un livre mourir,
Pour permettre à l'érudit de mûrir.

Il faut permettre au plaisir de l'instant de mourir,
Pour donner à l'abstinent de mûrir.
Il faut donner au jaloux de mourir,
Pour offrir à l'amour de mûrir.
Il faut offrir au paresseux de mourir,
Il faut laisser le dormeur mourir,
Pour laisser croître le bonheur.

Pour écouter le pardon mûrir,
Il faut laisser la rancœur mourir,
Le haineux mourir, le traitre mourir,
Le cancre mourir, le tricheur mourir,
Le mourant mourir, le mort mourir.

Pour écouter la vie mûrir,
L'amour mûrir, l'espoir mûrir,
Le soleil mûrir, la lune mûrir,
Le corps mûrir, l'âme mûrir,
Il faut contempler la jeunesse mûrir,
Soutenir la vie qui veut mûrir,
Du conseil qui aide à mûrir.

Il faut savoir mourir,
Pour savoir mûrir.

Toi qui produis des richesses

Entrepreneur entreprenant,
Dans cette Afrique affamée,
Tu es, toi, le poumon nourricier,
De la mamelle nourricière.

Tu produis des richesses par amour,
Pour ta famille qui fuit la misère.
Tu produis des richesses par passion,
Pour l'entreprise qui crée des richesses.

Et grâce à ton égoïsme généreux,
Des familles d'hommes généreux,
S'agglutinent par grappes,
Pour sucer ceux que tu nourris.

Et toi, tu sais jouer des opportunités,
Tu sais jouer des économies et des risques,
Pour produire des richesses essentielles,
A partager à ceux qui se laissent suer.

Et tu fais bien de ne donner de tes richesses
Qu'à ceux qui donnent de leur sueur,
Pour produire des richesses essentielles,

A partager à ceux qui labourent.

Garde-toi de changer de métier,
Oh ! Producteur de richesses essentielles ;
Garde-toi de te laisser distraire,
Par ceux dont le métier est de consommer !

Produis en abondance des richesses !
Produis pour l'Afrique de ce jour !
Produis pour l'Afrique de demain !
Produis pour partager des richesses,
A ceux qui donnent de leur sueur.

Ignore ceux qui croient aux miracles
De la manne qui tombera du ciel !
Ignore ceux qui se consolent
Sur tes pouvoirs de dérobeur de cerveaux !

Ignore ceux qui t'imaginent riche,
Des richesses à distribuer à tous vents !
Ignore ceux qui t'imaginent sève,
A sucer par tous les becs !

Logiques et chemins de nos routes

Il y a deux logiques,
Deux chemins en tout.
Ceux qui en voient un troisième,
Sont aveuglés par la vie.

Il y a la logique des luttes ensanglantées,
Le chemin qui conduit aux pouvoirs.
Il y a la logique du service communautaire,
Le chemin qui conduit au pouvoir.

Les haltes conduisant aux pouvoirs
Sont peintes d'une couleur,
Celle des complots à ourdir
Contre les amis d'hier.

Les haltes conduisant au pouvoir
Sont peintes de deux couleurs,
Celle de la solitude du labeur,
Celle des secouristes de la victoire.

Mais des aveuglés par la cupidité
Se mêlent des secouristes de la victoire,
Avec leurs jambes de crabes,
Tentant en vain la logique des pouvoirs.

L'homme n'est rien sans...

Ecoutez !

On vous a dit :

« L'homme n'est rien sans son « bord » »

Moi je vous dis :

L'homme n'est rien sans « ambi » !

L'élève qui lit son bordereau,
L'élève qui escalade des classes,
N'est rien dans son intelligence folle
Si son regard n'est guère relevé
Vers les cimes lointaines de l'ambition.

Les diplômes du secondaire,
Les diplômes du supérieur,
Sont des feuilles décoratives,
Tant qu'ils n'ont pas été réécrits
Par l'encre énergisante de l'ambition.

Mais l'échec de l'ambitieux
Est un diplôme de valeur
De loin supérieur au doctorat
Obtenu par la seule ambition des premiers de classes.

L'intelligence des riches

Si d'aventure il vous est donné assez de fortune
Et de pouvoir que vous n'avez pas construits,
N'ayez aucune crainte du voisinage jaloux ;
Craignez plutôt votre illumination !

L'argent et le pouvoir ont le pouvoir
De booster l'illusion d'une intelligence vive.
Quand un parvenu prétentieux s'en accapare,
Ils exposent sa nullité ridicule !

Luttez donc contre cette illusion fatale,
Qui vous aveugle sur tant de grimaces,
Que de pauvres courtisans s'obligent,
Pour résister au rire sur vos égarements !

Les cubes de vie

Imaginez un cube,
Un cube de fluide dense,
Si dense et si translucide
Que les doigts se plient,
Et les regards se perdent,
Au contact de sa surface.
Le cube occupe 510 cm^3 ;
Il se meut dans un espace,
Où se meuvent des cubes.
Votre cube doit se protéger
Des heurts dommageables
Contre des cubes mal ajustés.

Mais celui dont le côté vaut 170cm,
Qui se meut dans votre sens,
A la vitesse qui est la vôtre,
Vous conviendrait bien,
Si le consensus de fusion
Unit ce cube au vôtre.

Lorsque les conditions de fusion
Sont exceptionnellement réunies,
Votre cube de 510 cm^3 disparaît ;

Celui de 170 cm de côté aussi.
Un nouveau cube de 510 cm^3 apparaît,
Plus dense et plus translucide.

Imaginez la densité du fluide
De la fusion des deux cubes.
Que pourraient faire des doigts véreux,
Des langues et des regards jaloux,
Au contact de la nouvelle surface,
Pour désorganiser le cube ?

Imaginez les cubes fusionnés,
Se fusionner deux à deux indéfiniment,
Du seul fait de leur désir de fusion.
Imaginez la densité du fluide final,
Et la translucidité du cube produit,
Des fusions successives des cubes de vie.

Psaume osé des temps modernes

Notre Créateur est la merveille de l'univers !
La nature entière chante et danse
A la gloire éternelle de notre Dieu.
Il est juste et bon de s'incliner,
Devant la symphonie du chœur universel.

La beauté insolente des fleurs,
La danse insatiable des papillons,
La gloutonnerie ravageuse des chenilles
Participent toutes au chœur universel.

La danse hardie du peuple de boiteux,
Le trémoussement mesuré du peuple d'aveugles,
Les applaudissements nourris du peuple de sourds
Participent tous au chœur universel.

Les humains de tous bords ont voix au chœur,
Ceux qui s'élèvent en baissant la face,
Ceux qui s'abaissent en rallongeant le gosier,
Ceux qui pleurent devant la miséricorde divine.

Tous ont voix au chœur universel,
Excepté le philosophe auto-ortho-théologal,
Qui exclut du chœur les handicapés.

I want morebooks!

Buy your books fast and straightforward online - at one of world's fastest growing online book stores! Environmentally sound due to Print-on-Demand technologies.

Buy your books online at
www.morebooks.shop

Achetez vos livres en ligne, vite et bien, sur l'une des librairies en ligne les plus performantes au monde!
En protégeant nos ressources et notre environnement grâce à l'impression à la demande.

La librairie en ligne pour acheter plus vite
www.morebooks.shop

KS OmniScriptum Publishing
Brivibas gatve 197
LV-1039 Riga, Latvia
Telefax: +371 686 204 55

info@omniscriptum.com
www.omniscriptum.com

Printed by Books on Demand GmbH, Norderstedt / Germany